Les femmes viennent de Mars
et les hommes, de Vénus

Ils ont aimé...

"...a story about human resourcefulness in the face of an otherwise certain death on the surface of Mars."

Paul Lappen, Dead Trees Review

"...an account of a resourceful fat (this is a plot point) female protagonist stuck on Mars."

Can Litt Reviews - issue 200
Littérature canadienne/ A Quarterly of Criticism and Review Number 200, Spring 2009

Michèle LAFRAMBOISE

Les femmes viennent de Mars et les hommes, de Vénus

Collection Formidables

Echofictions

Table des matières

Pour Nicole,

Pleine d'esprit et pétillante à jamais!

1

MES DÉTECTEURS DE MINÉRAUX poursuivent leur plongeon vers le fond de la cheminée et sont avalés par l'ombre. Je les aurais sans doute suivis si je n'avais réussi à freiner ma glissade avant qu'elle ne se transforme en chute mortelle.

À plat ventre, je contemple le sillon tracé par mon corps depuis le bord érodé du cratère. Des cailloux délogés par mon passage roulent encore le long de la pente intérieure et ricochent sur mon scaphandre de location avant de disparaître dans le gouffre.

Par chance, aucun d'eux n'a déchiré la paroi triple de ma combinaison ou brisé mes antennes, comme on le voit souvent dans les visos dramatiques. Si cela s'était produit, les deux puces-diagnos qui trottinent sous ma tenue pour tester l'équipement et réparer les micro-fuites m'en auraient fait part.

J'escalade péniblement la partie évasée de l'entonnoir au fond duquel j'ai failli disparaître. Mes pieds s'enfoncent dans le sable qui continue à dévaler la pente. Le souffle court, j'atteins enfin le bord du cratère où m'attend mon coureur immobile, figé en pleine course aussitôt après avoir détecté la subite absence de poids sur le siège du conducteur.

Comment ai-je pu perdre l'équilibre et lâcher les commandes? Certes, les vents soufflent plus fort depuis la tentative à demi ratée de faire fondre les glaces carboniques de la calotte sud pour épaissir l'atmosphère. Mais tous les techniciens de terrain portent un anémomètre intégré à leur combinaison.

Une distraction, alors? J'examine les sangles qui pendouillent du siège. Les avais-je bouclées? Je les trouve toujours si serrées…

Je suis dans de beaux draps. Chacun de ces instruments vaut bien plus que mon contrat; ils dépassent même ma valeur professionnelle nominale. Mais il est hors de question de risquer ma vie à descendre avec le filin de sécurité pour retrouver ces détecteurs. Je doute que leur mécanisme délicat ait survécu à l'épreuve.

Perdre de l'équipement arrive parfois, mais il est rare de perdre en plus l'unité de secours. C'est assez pour me faire chasser de l'expédition. Néanmoins, il faudra attendre que notre groupe soit retourné sous un dôme pour que mon renvoi devienne effectif.

Le coureur plie ses six longues échasses pour amener le siège à ma hauteur. J'aurais dû le tester à fond avant de m'aventurer sur un terrain aussi accidenté. J'aurais dû mieux fixer les détecteurs. J'aurais dû…

… Ne jamais choisir ce travail.

Le ciel a viré au violet foncé quand je rentre sans gloire sous le dôme gonflable qui nous sert de campement. La température a atteint cent-dix degrés sous zéro. Une brise apaisée soulève de petits nuages de poussière qui serpentent en travers du chemin compacté par les pattes des coureurs.

Je descends de ma monture qui va d'elle-même se ranger sous sa niche en repliant ses pattes comme une araignée à l'affût. Le sas, très étroit, n'occupe que le volume minimum requis pour permettre à quatre personnes d'attendre la recompression.

Quatre personnes *normales*.

Mon casque dévissé, je sors du sas en frôlant les bords de l'entrée.

— Pourquoi marcher quand on peut rouler? s'esclaffe quelqu'un.

La boutade provoque quelques rires qui s'éteignent bientôt, et tous retournent à leurs parties d'holocartes, sauf Trinn qui lève les yeux de sa tisane.

— Domik, vous avez une heure et demie de retard! gronde-t-il en marchant vers moi. Qu'est-il arrivé?

Côte à côte, nous formons le chiffre 10. Comme tout bon Martien filiforme, il me dépasse de deux têtes, mais je pèse trois fois son poids.

Mes chétives explications suscitent un long soupir résigné. Notre chef d'expédition dissimule mal son agacement pour les "débutants" qu'on lui alloue. Mais qu'espérait-il? Les plus qualifiés s'envolent vite vers des cieux plus cléments. Les compagnies doivent surpayer Trinn pour qu'il accepte encore, à son âge, de mener des équipes de prospection.

Lan, un grand escogriffe délégué par la Planification, grogne sur le matériel perdu.

— Le coût de ces appareils sera retenu sur votre salaire, dit-il d'un ton sec. Une autre gaffe de ce genre et votre cote baissera sous zéro. Cela reculera encore plus votre candidature à l'émigration!

Sa menace tombe à plat : je sais fort bien que j'ai peu de chance de quitter la surface de ce caillou. Ça prend une cote de qualification quinze fois supérieure à la mienne pour obtenir la permission d'émigrer.

— Et quant à vous assurer un couvert, je n'y compterais pas à votre place, ajoute-t-il avec un sourire entendu, parlant juste assez fort pour que tous ceux sous le dôme entendent.

Je m'efforce de ne pas montrer de réaction malgré l'insulte explicite du «couvert». Lan aime s'appuyer sur ses prérogatives hiérarchiques pour se défouler de ses frustrations. Gardant un air attentif, je le laisse déblatérer.

Je vogue de nuit sur les océans lumineux de Lierrus, respirant les embruns salés qui fouettent mon visage. L'étrave du voilier fend les vagues couvertes d'un film d'algues bleues phosphorescentes, laissant derrière un sillon sombre qui se referme peu à peu...

Au loin, une longue nageoire perce la surface et disparaît aussitôt dans un bouillon d'écume. Les immenses résidents de Lierrus, placides, ignorent les coquilles de noix aux voiles brillantes d'embruns séchés qui naviguent presque sur leur dos...

Ayant épuisé tous ses blâmes, Lan me libère. Je déambule vers mon espace privé, une cabine à peine plus large que le lit qui l'occupe, pour y retirer ma combinaison, sentant les regards dans mon dos. Mes confrères ne sont pas des mauvais bougres, au fond, mais un mois d'étroite cohabitation a mis à vif les arêtes de nos caractères.

Maintenant, après ses dix heures de recherches et d'analyse, chacun s'enferme dans ses petits loisirs. Quant aux discussions, tous les sujets porteurs d'intérêt ont été épuisés dans les premiers jours de prospection.

Des personnes très âgées aiment bien radoter qu'il fut un temps, au début de l'Expansion, où Mars suscitait tous les rêves. Aujourd'hui, malgré son glorieux statut de Première colonie, notre grosse boule roule lentement sur la pente de son déclin. Le tiers des dômes qui n'ont pas été détruits lors des Troubles abritent des villes fantômes. Les chômeurs se bousculent aux portes des rares donneurs d'ouvrage dans l'espoir de gagner le pécule qui leur permettra d'émigrer ailleurs.

Notre expédition constitue une énième tentative pour découvrir des gisements négligés par les vagues successives de prospecteurs. Les experts espèrent encore tomber sur une poche de gemmes rares, du genre de celles qui parent les têtes des dames et les étoles des nababs qui s'ébattent sur les rares planètes-paradis. La paie n'est pas terrible, mais ça vaut mieux qu'un crédit de bouffe-minet. Je crains le jour où les minières, l'épine dorsale de notre économie, fermeront les exploitations…

Quand les fluctuations magnétiques qui valsent autour des pôles le permettent, nous recevons des nouvelles de l'Alliance. Ces temps-ci, l'attention se tourne vers nos frontières. Un petit Sagittaire de surveillance a détecté une armada dans la zone tampon entre le Conglomérat Zoen et l'Alliance. Nous avons eu quelques échanges avec les Zoen, mais nos deux empires évitent tout contact direct. Seuls les négociateurs ont vu en personne des représentants de cette race.

Le vaisseau-amiral des Forces fait actuellement route vers le système de Ser-Finff, escorté par une escadre de vaisseaux de guerre. À son bord, le Dragon, chef de nos forces armées, et des membres du Haut-Conseil de l'Alliance tenteront de résoudre ce litige.

Des rumeurs circulent sur la santé du Dragon. Les commentateurs évoquent un virus contracté sur une planète au cours d'une inspection, ou bien son cœur usé. Plusieurs doutent qu'il survive au voyage.

Ces nouvelles, les mêmes qu'hier et qu'avant-hier, renouvellent à peine les conversations qui s'éteignent très vite.

2

DES CRIS MÊLÉS AUX COUINEMENTS AIGUS des appareils de surveillance météo me tirent du sommeil. L'invasion tant redoutée a-t-elle commencé?

J'écarte les rideaux de ma cabine. Des ombres se bousculent parmi les boîtes d'équipement. On a coupé l'énergie, ce qui ne présage rien de bon. La voix de Trinn couvre les autres, le faisceau de sa lampe de poignet s'agitant vers le sas.

— Debout tout le monde! Il faut démonter!

Un blizzard approche, malgré les étoiles qui scintillent à travers les parois transparentes du dôme. Il est en avance sur la saison : en principe, nous aurions dû avoir encore vingt jours tranquilles avant le début des tourmentes de l'automne.

Je roule au bas de mon lit à pointes souples. Attrapant ma combinaison, je me dirige à tâtons vers le sas. Dans le noir, quelqu'un de pressé bute sur moi. Aux excuses qu'il marmonne, je reconnaît Lemer : un jeune technicien qui secouera éventuellement sa timidité avec l'âge.

Trinn lance des appels radio qui sont brouillés par les fines particules de sable oxydé soufflées en altitude. De toute façon, personne ne se risquera à voler dans un blizzard.

Dix minutes après la réception de l'alerte, nous avons tous enfilé nos tenues pour démonter le dôme pressurisé. Sur l'horizon, les étoiles s'éteignent une à une, avalées par le voile de poussières.

Nous n'aurons jamais le temps de franchir la distance qui nous sépare de la ville la plus proche. Il faut recourir au plan B : l'enterrement de première classe. Les vents de plus de deux cents kims à l'heure, poussés par une pression augmentée au tiers de la pression gayenne, emporteraient comme un fétu notre abri.

Onze minutes plus tard, le dôme plié, ses armatures et les coureurs solidement amarrés au véhicule tout terrain, nous nous entassons à l'intérieur. Deux grosses taupes fuselées se détachent des flancs : nos ancres s'enfoncent dans le sable en déroulant leur câble. Des panneaux protecteurs occultent les vitres de bioverre. La coque d'un croiseur s'en moquerait, mais les alliages légers de notre véhicule se transformeraient en gruyère si on les laissait trop longtemps exposés aux éléments.

L'écran au-dessus de la tête du pilote montre les ancres qui forent rapidement dans les strates meubles. Dix, vingt… soixante mètres… Puis elles s'immobilisent, ayant trouvé la couche de roc.

Si la promiscuité semblait pénible dans le camp, imaginez onze personnes cordées dans un caisson, privées de communication avec l'extérieur… Les visos circulent de mains en mains, mais même leur usage est restreint pour préserver l'énergie. Je sens dans mon dos les vibrations des recycleurs qui extraient l'oxygène des oxydes du sable tassé contre les parois. Les minutes coulent lentement, éclairées par la lueur changeante du témoin de l'anémomètre laissé en surface.

Mon nez arrive à oublier l'odeur de corps mal lavés, mais je ne peux fermer mes oreilles aux plaisanteries salées qui, faute d'occupation, remontent à la surface comme des sédiments troubles. Les carrés amoureux entre épouse, maîtresse entretenue et amante d'un même homme fournissent à mes compagnons un répertoire inépuisable.

Entre deux anecdotes, les conversations tournent autour des planètes-O qu'on vient de découvrir. O comme Ouverte, pourvue d'atmosphère respirable ou terraformable en moins de vingt ans standard. Bien entendu, les frais d'immigration coûtent la peau des fesses…

Sur Léda, la plus convoitée des planètes paradis de l'Alliance, il existe un fruit indigène gros comme le poing appelé claret. J'y mords avec délice. Il a un goût de poire et de cannelle, avec un soupçon de réglisse. Selon une coutume locale, quand les deux lunes sont pleines, on mange le claret jusqu'au cœur. Après, on lance le noyau vers la mer, de toutes ses forces, et le vœu le plus cher se réalisera.

Je suçote le noyau veiné. Je sais bien ce que serait mon plus cher vœu! Le vent fait onduler les branches molles de l'arbre portant les fruits à souhait. Je lance le noyau d'un geste vigoureux…

…Et je bouscule mon voisin de droite, le jeune Lemer. Il s'écarte, penaud, sous les rires.

— Eh! Religia, on rêve les yeux ouverts comme au boulot?

Je rougis, heureuse de l'éclairage réduit. L'envie de remodeler le visage du parleur me démange. Mais je desserre lentement mes poings : dans cet espace clos, une bagarre ne serait pas à mon avantage.

Cet insecte de Lan sait que je déteste le prénom donné par une mère qui lorgnait trop les anciennes croyances. Celles-ci avaient largement contribué aux Troubles ; presque tous les habitants de l'Alliance s'efforcent de les oublier.

— Dites, Trinn, c'est vrai que le fils de votre cousin est technicien aux Six-Villes? demande alors Lemer.

La tension disparaît comme par magie, même chez Lan. Je souris intérieurement : ce n'est un secret pour personne qu'un scientifique aussi qualifié que Trinn lorgne un poste dans les Cités qui lui servira de tremplin vers les planètes ouvertes.

Les villes flottantes de Vénus nourrissent nos rêves. Tous, si leur cote le permettait, souhaiteraient vivre dans ces paradis tellement sophistiqués que le Cerveau d'une cité demeure en contact direct avec ses habitants. Toutes les infrastructures des villes, des simulateurs jusqu'aux appareils ménagers, fonctionnent par interface directe par implant.

La population, presque entièrement mâle, des six villes flottantes compte onze millions de techniciens et de scientifiques de haut niveau, la crème de la crème.

— Qu'ils doivent s'ennuyer sans femmes, les pauvres! soupire le pilote près des instruments.

— Ils s'accouplent peut-être entre eux, crache Lan.

— Non, ils prennent des anti-aphrodisiaques pour tenir le coup, propose Lemer.

— Je suis sûr qu'ils ont des Frous-frous cachées dans leurs labos!

— Leur nombre est très limité, intervient Trinn. Le volume habitable d'une ville flottante est sévèrement contingenté : même les loisirs ne doivent pas accaparer trop d'espace. Cela exclue aussi les familles qui auraient équilibré la démographie.

— Et il n'y a aucune autre femme là-bas?

Trinn fait la moue, comme ennuyé par ma question.

— Oh, il y a toujours une poignée de spécialistes opiniâtres qui sont parvenues à se rendre indispensables. Et aussi quelques postes subalternes.

— Qui doivent être des maîtresses entretenues! ricane un autre.

J'orientai la conversation sur un autre sujet.

— Et comment avance leur projet de terraformation?

— Lentement, mais sûrement. Pas comme ici, réplique Trinn, amer.

Les hommes de Vénus comptent réaliser un contre-effet de serre. Un réseau de capteurs atmosphériques siphonne le gaz carbonique pour le décharger dans les accumulateurs en périphérie des larges jupes de flottaison des villes. L'oxygène est récupéré. La baisse de pression et de température entraînera une descente graduelle des cités, lesquelles finiront par se poser comme des marguerites sur le sol.

Chez nous, les premiers colons, moins patients, ont fait détonner cent vingt charges nucléaires pour pulvériser la calotte sud. Avec le gaz carbonique libéré, la pression a grimpé à vingt pour cent de la pression gayenne.

Mais, la seconde année, une partie de la calotte s'est reconstituée et l'effet de serre tant désiré s'est traduit par des blizzards plus mordants. On a avancé plusieurs théories pour expliquer cette stagnation, la faiblesse du rayonnement solaire à cette distance, l'orbite excentrique qui provoque des variations saisonnières… sans trancher vraiment.

Puis, est survenue la tristement célèbre Période de Troubles. Dévorée par des guerres intestines, la Terre a perdu contact avec ses colonies. Entre-temps, sur Mars, les mines périclitaient : l'achat du matériel requis était reporté aux calendes grecques…

Cela a pris des siècles pour jeter les bases de ce qui deviendrait l'Alliance, reconstituer les connaissances perdues avec les savants victimes des purges politico-religieuses, puis renouer avec les colonies éloignées. Entre-temps, la planète-mère a changé de nom. Le gayen standard a amalgamé le meilleur et le pire des trois langues dominantes.

— C'est vrai qu'on devient fou avec une interface directe avec toute une Cité? demande le jeune Lemer.

— C'est plutôt le contraire, explique Trinn. C'est lorsqu'on leur retire leur implant que ceux qui ont vécu en contact prolongé avec un Cerveau montrent des symptômes de retrait. C'est pourquoi le roulement du personnel se fait tous les trois ans standard.

Les hommes repartent d'une discussion joyeuse sur le sexe d'un Cerveau et sur ce qui peut les rendre fous. Les premiers jours de l'expédition, j'avais repoussé les avances des plus audacieux : par réaction, ceux-là proclament plus fort leurs prouesses. Trinn, qui tient à ménager les susceptibilités, n'intervient pas. Lemer est le moins porté sur les vantardises, mais ça n'en fait pas pour autant un ami.

Je touche derrière mon oreille le petit implant « oui/non » qui ne m'a jamais donné l'ombre d'un tracas. Il ne sert que pour quelques instruments de prospection au cerveau rudimentaire, comme les carottiers. Il est bien différent de la ribambelle que je portais une dizaine d'années plus tôt, quand je tentais de me raccrocher à une normalité qui fuyait comme un mirage…

Je serais, en effet, incapable de marcher sur Gaya, planète-mère de l'Alliance. Mes os trop fragiles se casseraient sous mon poids. De pénibles tests en gymnase rotatif ont classé ma limite biologique aux trois quarts de cette gravité.

Les progrès médicaux ont rendu l'obésité très rare. Une prédisposition génétique au stockage des graisses a été évoquée pour expliquer mon cas. Ma mère, affirmait-on, n'aurait pas dû me donner la vie…

Mais à quoi bon faire une leçon d'eugénisme à une ouvrière amoureuse! Un haut fonctionnaire de passage : le billet de première classe pour s'échapper de ce caillou… Et pour se faire remarquer, il n'y a pas trente-six façons.

Ma mère jouissait (et jouit toujours d'ailleurs) d'une belle apparence. La première partie de son plan a marché : elle est tombée enceinte. C'est la seconde qui n'a pas fonctionné. Ledit fonctionnaire, déjà marié sur Gaya, ne voulait pas s'encombrer d'une fille ignorante, même comme maîtresse entretenue. Pour acheter sa paix, il lui a fait cadeau de crédits d'instruction dont j'ai par la suite bénéficié.

Mon enfance s'est déroulée à peu près sans histoire jusqu'à mon adolescence. Alors, ma silhouette, au lieu de s'allonger en une tige gracieuse au sommet de laquelle s'épanouirait une fleur de beauté, s'est arrondie de façon inquiétante.

J'ai acquis très vite un menton supplémentaire, plongeant ma mère dans une profonde consternation. En plus d'être redoutablement efficace pour stocker l'énergie sous forme de graisse, mon métabolisme souffrait d'une carence de leptine, un neuromédiateur qui contrôle la satiété. Après de multiples traitements infructueux et une succession de régimes spartiates, les médecins ont baissé les bras.

J'en ai été secrètement soulagée. Me promener constamment avec des adjoints médicaux entourant mes poignets, des implants de surveillance hormonale branchés sur mes veines et des doseurs osmotiques collés sous les aisselles ne me plaisait guère.

Au désespoir de ma mère, je suis demeurée grosse. Pas de billet de faveur pour moi.

Il existe une méthode classique de gagner son ciel (une expression religieuse, mais qui s'applique si bien ici qu'elle a été adoptée) : se faire embaucher dans un des somptueux pavillons d'Or pour prodiguer des soins corporels aux pensionnaires.

Attirés par l'espoir d'une vie plus longue en faible gravité, des légions de vieillards qui ont trimé toute leur vie dans des mondes lourds viennent terminer leurs jours sous des dômes spécialement aménagés avec vue imprenable sur la Grande Vallée. Notre économie déclinante s'est accommodée de cette béquille au point de ne plus pouvoir s'en passer. Nouer une idylle aux portes de la mort peut donner des ailes.

Mais, outre mon physique peu avenant, l'idée d'espérer la fin d'un autre être, auquel — me connaissant — je ne manquerais pas de m'attacher, me répugnait.

Vu la rareté de ma condition, tous les habitants de mon dôme natal me reconnaissaient. J'ai trouvé cette popularité amusante, jusqu'au jour où j'ai entrevu, au fond de leurs regards, une pitié dégoulinante… Un malaise s'est instillé en moi. L'idée de partir s'est peu à peu imposée.

Les généreux crédits d'instruction m'ont faite savante en minéralogie et prospection. Pour apaiser mes rêves d'évasion, j'ai aussi étudié la botanique et la zoologie, passant des heures à visualiser des plantes exotiques et des animaux étranges que je ne toucherais jamais…

J'ai alors appris que le principal consortium minier cherchait des sondeurs pour prospecter une chaîne volcanique qui dansait en bordure du cercle arctique. Le lendemain, je sautais dans la navette vers la capitale.

3

Au bout de cinquante-deux heures, les témoins de surface annoncent un ciel éclairci. Pressé de rattraper notre retard, Trinn nous fait mettre les bouchées triples : la fin de l'été sur notre hémisphère augure la fonte saisonnière de la calotte sud et des blizzards encore plus violents.

Nos cinq coureurs s'éloignent, chacun vers sa portion de territoire à prospecter, pendant que les membres restés au camp réassemblé reprennent leurs analyses et simulations.

Trinn a ostensiblement confié les détecteurs à Lemer : c'est sa façon à lui de souligner ma négligence. Je regarde le coureur du jeune homme enjamber une crête et disparaître. Bâti long et solide comme un tige de carottier, il obtiendra vite son billet pour une colonie ouverte.

Cette fois, on m'a assigné un cratère non loin du versant nord, et deux carottiers. Il me sera bien difficile de les perdre, d'autant plus que Trinn m'a assigné un site en terrain plat.

Dès que les autres coureurs ont été avalés par les fractures du paysage, je court-circuite le contrôle du harnais de sécurité pour respirer plus à mon aise. J'accueille toujours avec soulagement l'occasion de m'éloigner de mes collègues. Tous croient toujours que j'ai posé ma candidature à cette mission pour m'assurer un «couvert». À l'origine, ce mot désignait un abri sous dôme, ou un repas, mais son sens a glissé vers un statut protégé au sein d'un foyer, comme épouse ou maîtresse entretenue.

Seule aux commandes du coureur, avec les nuages pour confidents, je peux réfléchir.

Le départ de Lemer ne fera qu'accentuer le déséquilibre démographique qui gruge la belle ordonnance de notre société depuis six générations. Il y a déjà trop peu d'hommes sans soustraire tous ceux qui se tuent aux mines ou dans des gageures dangereuses nées de l'ennui. En excluant les enfants et les populations centenaires des pavillons d'Or, on compte trois femmes pour un homme.

Un effet pervers de ce déséquilibre est que les hommes ont peu à peu cessé de faire des efforts pour séduire les femmes qu'ils convoitent. Ils expriment leurs besoins crûment, sans fioritures (ce qui leur vaut des ennuis lorsqu'ils émigrent ailleurs).

Les plus habiles collectionnent les conquêtes à un rythme effréné. Et s'il arrive à une perle rare d'être vraiment plus sympathique que la moyenne, on met vite le grappin dessus.

Deux générations de ce régime ont habitué les femmes à se mettre au diapason. Les adolescentes ont acquis très tôt le réflexe d'étouffer leurs sentiments dans l'œuf pour se rendre désirables. Des spécialistes enseignent l'art de conserver longtemps sa splendeur par des pratiques astreignantes. Les chirurgiens esthétiques font fortune.

Si les Martiennes ne quittent guère la surface, leur réputation, elle, voyage à travers les 1200 années-lumière de l'Alliance gayenne. Les poètes chantent leur beauté et leur grâce de plante fragile. Ils évoquent aussi la jalousie maladive et les rivalités parfois meurtrières entre les femmes qui se battent pour un couvert. Les visos populaires exhibent des ambitieuses obsédées par leur apparence.

Pour contrer la solitude, certaines inconsolables se mettent en ménage avec des partenaires de leur sexe, une pratique mal vue par nos gouvernants. D'autres choisissent plus simplement la mort…

Cependant, les statistiques du suicide féminin ont fait si mal paraître l'administration auprès des autres colonies que nos pontes ont permis d'introduire une technologie de Th'ryx. Cette civilisation exotique, hautement accomplie dans les arts réjuvénateurs, a mis au point une chirurgie hormonale radicale qui transforme une timide réservée en nymphomane.

Le traitement n'a pas été imposé de force, ce qui aurait été contraire aux chartes de l'Alliance. Mais il a été offert, gratuitement, par des compagnies moribondes qui ont vite développé un commerce nettement plus florissant que les pavillons de retraite…

Certaines dames Frou-frou espèrent charmer un visiteur. Mais elles n'attirent que des touristes pressés de repartir vers leurs mondes accueillants. Seules des adolescentes d'une beauté exceptionnelle peuvent espérer se faire emmener par un client follement épris. La jeunesse permet à ces chanceuses de contourner l'obstacle d'un squelette fragilisé.

Le signal du coureur me tire de mes rêveries : j'arrive au site.

Une couche de boue solidifiée couvre les bosses et les sillons entre lesquels les pattes du coureur se tricotent un chemin. Loin devant moi, le pic du cratère crève l'horizon avec sa silhouette asymétrique. Je comprends pourquoi les confrères ont tant rigolé lors de l'attribution des sites.

Je grimpe plusieurs paliers de matériaux éjectés. L'énergie libérée par l'impact météoritique a fait fondre une partie de l'épaisse couche de pergélisol. La boue liquide s'est répandue par couches successives sur des kilomètres avant de se recongeler, évoquant des pétales de fleurs psychédéliques dessinées par un géant.

Mais cette rencontre foudroyante a pu produire des minerais de valeur. J'atteins le rempart d'un cratère de trois kilomètres de diamètre, formé de gouttes géantes à jamais congelées dans leur expansion.

Des dépressions sphériques de toutes tailles trouent le fond du cirque. Je contemple ce bouillonnement figé, imaginant les gaz et la vapeur d'eau surchauffés lors de l'impact, leur prison trop vite durcie. Il faut se méfier du sable éolien qui comble le fond des plus grosses cavités. On s'y enlise facilement. Mon coureur les évite avec adresse. J'arrive à l'amoncellement de pierrailles érodées au pied du promontoire phallique.

C'était sous cette pierraille que je dois fouiller.

Ma nouvelle tâche n'est pas spécialement éreintante. Je prélève des carottes à intervalles réguliers autour du pic. Un robot aurait pu s'en charger, mais les nouveaux modèles n'ont pas encore été payés par la compagnie. J'active les carottiers par mon implant.

Le carottier A se positionne au point désigné. Son corps compact assure solidement ses six pattes à contrepoids, puis plonge le trépan de sa sonde dans le sol gelé. Reculant devant le nuage de poussières émis, je déplie la valise de l'analyseur qui soumettra les carottes à une batterie de tests dont les résultats seront décortiqués au camp.

Je guide le carottier B à un jet de pierre du forage en cours, lui faisant débuter son creusage, puis je reviens vers le A qui éjecte déjà ses premières carottes. Je les ramasse et les introduis dans la gueule de l'analyseur. Évidemment, les carottiers plus modernes avec analyseur intégré se trouvent entre les mains d'un membre de l'équipe jugé plus fiable.

Je travaille — euphémisme poli pour dire que je surveille les carottiers et nourris l'analyseur — depuis trois heures, lorsqu'un changement de luminosité ambiante me fait lever les yeux.

L'horizon a disparu, avalé par des nuages couleur de rouille. Les nuées de particules, leurs contours frangés de rose par les rayons de soleil, forment des champignons boursouflés lancés à l'assaut d'un ciel marbré qui aurait fait le bonheur d'un peintre.

D'un peintre suicidaire.

La voix de Trinn éclate dans mes écouteurs.

— Toutes les unités, retour immédiat! Code huit!

Je me raidis. Un code huit constitue une alerte météorologique sérieuse. Comme je me trouve sur le site le plus éloigné, je décide de rentrer au camp par le chemin le plus court, celui qui me fera traverser le versant sud du volcan que j'ai contourné à l'aller.

Le cœur battant, j'interromps la tâche des carottiers. Je leur alloue quand même le temps de récupérer les dizaines de mètres de sonde: pas question que les bonhommes apprennent que la panique m'a fait perdre à nouveau de précieux instruments. Je laisse sur place les carottes déjà échantillonnées, avec un marqueur. Puis, après avoir fixé les carottiers et l'analyseur dans le panier du coureur, je remonte en selle.

4

LE COUREUR GÎT, RENVERSÉ SUR LE CÔTÉ, deux de ses longues pattes tordues. J'ai trop poussé la pauvre bête et un relais d'énergie des articulations a flanché au moment où je franchissais une crevasse. L'engin a percuté le talus de plein fouet, m'éjectant sur le sol inégal.

Je bondis sur mes pieds et tente de remettre le coureur sur les siens. Peine perdue.

Il reste immobile, éteint, mort : mon compte est bon.

Je déploie mes antennes : la tire-bouchonnée pour émettre et l'assiette pour recevoir. Un concert de parasites et de bribes de voix assaille mes oreilles. Je demande des secours et donne ma position. Le concert discordant se poursuit. Je ne sais pas si mon signal est reçu.

Je me retourne vers l'ouest : les nuées de poussières viennent d'avaler « mon » cirque, nimbant le pic d'une aura fantomatique.

J'entends alors mon nom répété par Trinn : *Religia Domik! Rentrez au camp!*

Les autres techniciens doivent être arrivés sains et saufs. Je réponds de tous mes poumons, mais rien n'indique qu'on m'aie entendue. La voix de Trinn s'enfonce peu à peu dans une mer de grésillements. Et se tait.

Le chef de l'expédition ne peut pas perdre plus de temps. Peut-être n'a-t-il pas le goût d'insister. Est-il soulagé de perdre une collaboratrice inefficace? Au moins, ma mort contribuera à rétablir l'équilibre démographique. J'imagine le reste de l'équipe qui reprend la fameuse manœuvre d'enterrement.

Un blizzard de ce calibre dure entre trois et cinq jours… Je consulte les cadrans sous mon menton, calcule et recalcule : il me reste quinze heures d'air.

Mon cerveau se transforme en une toute petite chose tremblante et vagissante. Je vais crever.

Inutile. Indésirable.

Je m'accroupis et, pour la première fois depuis le départ de l'expédition, je pleure à chaudes larmes. Tous les sentiments que j'ai cachés, que j'ai étouffés pour être acceptée du groupe remontent à la surface dans un bouillonnement primaire.

Une tache remue à travers ma vision brouillée. Je cligne des yeux. C'est une des puces-diagnos qui s'affaire à recueillir les larmes tombées sur la surface intérieure de ma visière. Elle utilise ses pattes-peignes pour rassembler l'eau en une goutte qu'elle aspire par son appendice caudal. Le faible volume gonfle son torse d'une façon si grotesque que j'en oublie un moment ma situation.

L'autre puce-diagno se pointe et se met elle aussi en devoir de ramasser les gouttes qui coulent vers le bas. Ses pattes patinent sur les écrans qui me retransmettent les conditions extérieures.

Le spectacle de mes deux puces savantes en devient si cocasse que j'éclate d'un rire hystérique. Je bascule vers l'arrière, hoquetant.

Ce cocktail d'émotions a pour effet de remettre mon cerveau en marche. Je renifle bruyamment. Mes puces ont disparu.

Je révise mes options. Impensable de joindre le camp à la marche. Dans ces contreforts accidentés, seules les longues pattes des coureurs osent se risquer. Le tout terrain, à supposer Trinn assez chevaleresque pour voler à mon secours, serait vite caduc.

Le ciel s'est complètement couvert. Des rafales de sables fins fouettent ma visière. Il faut trouver un abri. J'examine la dépression qui a été mon Waterloo : pas assez profonde.

Je prends l'analyseur et détache les carottiers qui me suivent docilement, leurs pattes trop courtes sous leur corps compact leur conférant une démarche balourde. Je cherche un repli de terrain, un sillon, un trou de météore, n'importe quoi avant de ne plus y voir clair.

La chance, ou le hasard, me sourit : je déniche une cavité assez profonde creusée des éons plus tôt par la chute d'un météore.

Je me laisse glisser au fond avec mon barda. Le sable entassé adoucit mon arrivée. Je me tasse aussitôt de côté pour éviter les carottiers qui s'écrasent maladroitement à ma suite. Heureusement, ces précieux collaborateurs sont solides.

Je fais descendre la sonde du A à quelques mètres pour l'ancrer. Puis, je passe le filin de sécurité sous mes aisselles, pour m'attacher à la tige de la sonde comme Ulysse à son mât. Dans ma tenue étanche, je n'entends pas le chant mélodieux du vent, mais cet élément a d'autres moyens de me faire tâter de sa puissance. Le temps d'amarrer le second carottier, le sable emprisonné dans la dépression tourbillonne si fort que je danse entre les pattes métalliques comme un poisson sorti de l'eau.

Les noces du vent et du sable se poursuivent de longues heures. Les gants crispés sur deux pattes de carottier, je ferme les yeux, me laissant balancer de part et d'autre, recrue de fatigue.

Mes pieds nus foulent le sable doux qui couvre la vaste cour du temple des colombes éternelles de Chagall. Je regarde derrière moi : des petits tourbillons effacent mes traces. Ce n'est pas le vent, mais des fouisseurs minuscules qui remanient la couche de sable après le passage des pèlerins. Ils sont friands des parcelles de peau qui se desquament de nos pieds.

J'attends l'envol des colombes, comme les autres. J'ai entrepris la pénible montée vers le temple, sans le moindre secours technologique, pour cela. La face sud du temple est de pierres équarries, mais sertie de cavités rondes, où nichent les colombes. Quelques-unes se hasardent au-dehors : ces volatiles se pavanent et roucoulent comme leurs lointains ancêtres, mais leur longévité a été multipliée par vingt.

Puis, alors que je pensais qu'elles attendraient la nuit, les colombes jaillissent des trous par centaines, flèches blanches filant au-dessus de nos têtes. Elles semblent s'éloigner, puis reviennent en tournant autour de la pointe du temple.

Une pluie de déjections rebondit sur nos larges chapeaux (loués au pied de la montagne) et retombe à terre. Des petits geysers explosent dans le sable, comme les fouisseurs s'en donnent à cœur joie sur cette manne quotidienne. Ils ne savent pas qu'eux-mêmes seront récoltés pour les cristaux de rubis très purs qui croissent en leurs viscères...

Une faim de louve me tenaille l'estomac. Je presse de la langue un bouton près de mon menton. Une puce-diagno m'apporte entre ses pinces une tablette protéique concentrée à texture farineuse. Une autre pression de la langue me permet de suçoter un peu d'eau d'un tube. Je n'y vois goutte avec le sable qui valse partout mais, selon mon horloge, l'après-midi tire à sa fin.

Je me retiens de commander une seconde tablette. En me rationnant, je peux tenir plusieurs jours, à supposer que je possède une source indépendante d'oxygène. C'est, hélas, la seule requête que ces puces ne peuvent m'accorder… Puis, je songe à mes fidèles auxiliaires.

J'intime l'ordre au carottier A d'enfoncer sa sonde jusqu'à ce qu'il rencontre une lentille de glace ou le roc. À cette latitude, le pergélisol doit presque affleurer. Je règle l'analyseur pour qu'il récupère l'eau des carottes de sol glacé, la dissocie et conserve l'oxygène. C'est un procédé irrégulier et gourmand en énergie, mais je n'en suis pas à un bricolage près. Je joins l'embout de l'analyseur et le raccord d'urgence de ma tenue.

J'ai une chance de m'en sortir. Je consulte le positionneur intégré au scaphandre, relié à mon « assiette ». Déception! Le plus puissant récepteur, celui de l'université de Phobos, se trouve aux antipodes. J'interroge et supplie les rangées d'éphémérides, en vain. Ni Deimos, ni aucun satellite ne passeront à la verticale de ma position…

5

Occupée que je suis à retirer les carottes, les passer dans l'analyseur, puis recueillir l'oxygène, je ne vois pas le temps filer. Chaque minute gagnée représente une victoire…

Jusqu'à ce que l'analyseur, trop sollicité, claque pour de bon. Je débranche le montage inutile. Ma réserve totalise neuf heures : je n'ai gagné que six heures de survie. Je m'installe parfaitement immobile, comme un ascète des vieilles religions, afin de réduire ma consommation d'oxygène.

Attendre.

Dans cette position de statue, les idées les plus folles prennent leur essor. Attendre quoi, au juste? Trinn volant à ma rescousse? Le compagnon idéal? Le billet de sortie? La fortune? Cette fois, ce n'est pas la panique, mais une sourde colère qui menace mon calme.

Je lève la tête, par dépit. Et j'écarquille les yeux, croyant à un effet de la fatigue.

Le voile de poussières s'est aminci suffisamment pour laisser briller quelques étoiles naissantes. Parmi elles, frôlant le bord, un croissant bleuté de forte magnitude. Gaïa, l'étoile du soir, la consolatrice! Seule l'inclinaison saisonnière de Mars me permet de contempler ainsi, de mon trou, la planète-mère sur laquelle je ne pourrai jamais poser les pieds.

Marcher sur une plage au bord d'une mer émeraude, sous un ciel azur. Respirer l'air salin, laisser le vent fouetter sa figure, humer des fleurs sauvages, se promener sans tenue de pression, lever la tête et voir, non des armatures de métal couronnant un soleil artificiel, mais des frondaisons vertes découpant le ciel…

Une idée folle vient alors gruger ce qui me reste de cervelle intacte. Je veux tant qu'une partie de moi atteigne ce beau croissant bleu avant de se dissoudre dans le néant…

Je commande au carottier B de plonger sa sonde, avec une inclinaison de 180 degrés, profondeur maximale.

Le B identifie tout de suite l'illogisme puisque ça revient à télescoper la sonde en l'air. Les mots *Êtes-vous sûre?* s'inscrivent sur ma visière. Je confirme l'instruction, priant pour qu'aucun dilemme asimovien ne compromette la santé mentale de cette chère vieille chose.

Le carottier assure solidement ses pattes, puis son corps pivote vers le haut. La sonde s'élève, segment après segment, hors du trou. Le vent commence à la balancer de tous bords. Je fais arrêter l'extension de la sonde avant que ses mouvements de fouet ne la cassent.

Je tords mon antenne tire-bouchon et l'enroule sur la tige d'acier. Cette antenne improvisée aidera mon signal à traverser le voile de poussières. Je joue avec les contrôles de ma tenue pour maximiser la puissance, ce qui limitera mon temps d'émission. J'envoie d'abord l'identificateur de ma combinaison : une phrase codée qui donne mes noms, âge, condition médicale, cote professionnelle et tout le tralala, jusqu'à l'endroit où j'ai loué ce scaphandre à ma taille.

Voilà. J'ai bouclé la boucle.

Je ne tiens pas tant à mourir d'asphyxie, mais je ne peux pas dire que j'ai envie de retourner sous les dômes, dévisagée par les touristes comme une bête curieuse. Même ma propre mère est devenue une inconnue.

On ne me réengagera jamais pour la prospection. Quémander un poste d'administration? Je méprise trop nos gouvernants qui exhibent leur richesse en accaparant l'eau potable pour se laver. Quant à devenir une dame Frou-frou artificiellement obsédée, cela ne me sourit pas plus que bassiner les vulnérables pensionnaires des pavillons d'Or.

Et puis, pourquoi cacher ma révolte? Ni les vieux pontes du Conseil de Mars, ni les corporations qui nous possèdent et nous échangent comme les Frous-Frous n'ont rien à craindre de moi.

Ni vous, résidents de Gaya, qui marchez à l'air libre. Mon poids m'interdit l'émigration. Mais tant pis : je prendrais volontiers le risque de m'écraser sur votre sol comme une grosse méduse. Vous ne savez rien des hommes qui ne savent plus aimer. Ni des femmes qui étouffent leurs besoins, belles et superbes plantes, vides et creuses à l'intérieur, suintant la misère.

Je pleure le compagnon impossible à trouver, les enfants que je ne verrai pas grandir… Non, je ne vais pas tuer mes sentiments. Ce sera, jusqu'à la fin, ma seule victoire. Trinn, Lan, Lemer, je les ai regardés avec intérêt, mais mon amitié n'avait aucune valeur à leurs yeux. Ils ne voyaient qu'une femelle lourde et indésirable, désespérée d'agripper un *couvert*.

Comme je hais ce mot!

Ce sera une autre victoire : je meurs libre.

Libre!

Je me sens étrangement apaisée. J'ai épuisé mon venin et mes regrets. Il me reste encore un peu de temps d'antenne avant que Gaia ne se couche. Je veux rendre un dernier hommage aux lieux dont j'ai rêvé, jour fade après jour tiède.

La faune et la flore que j'ai amoureusement étudiées : les colombes éternelles des temples de Chagall, les lucioles géantes qui éclairent d'un vol lent les jardins de Leda, les algues phosphorescentes qui illuminent les mers de Lierrus, les aspins timides qui dorment sur les eaux fumantes de Quiscal...

Avant de mourir, je veux imaginer longuement les hommes de Vénus liés à leur Cerveau, leurs cités flottantes, noires corolles tombant éternellement à travers de vaporeux nuages d'acide sulfurique... Six villes pensantes liées par un seul rêve dont l'accomplissement les rendra caduques.

6

LE MONITEUR DE MON COSTUME vient de m'avertir. Il me reste moins d'une heure d'air. Il continue à pérorer jusqu'à ce que je lui cloue le bec par une procédure aussi illégale que le court-circuitage d'un harnais de sécurité.

Mon émetteur, quant à lui, a déclaré faillite au milieu de la nuit. J'ai continué à parler et rêvasser bien après que Gaïa ait disparu de l'horizon. Tant pis, les colons de Jupiter les recevront peut-être…

Je mâchonne longuement mes dernières tablettes. Peu à peu, un jaune brillant souligne les franges des nuées. Ma dernière aube.

Je ne veux pas mourir au fond d'un trou! En m'aidant de la tige du carottier, je me hisse péniblement. Les vents violents me repoussent contre la paroi, mais le plus fort du blizzard est passé.

Cet exercice m'a passablement épuisée, je m'assois pour attendre que mon souffle revienne. En vain : je respire de plus en plus vite, ayant festoyé sur mes dernières réserves d'oxygène.

Je regarde vers le bas de la pente, cherchant par réflexe la silhouette du cirque et de son promontoire. Les poussières et particules en suspension rendent flous les contours.

Et je fige, apercevant en contrebas une, puis deux formes massives qui remontent la pente de débris accumulés. Vers moi.

Je secoue la tête : ce ne sont que des illusions créées par mon pauvre cerveau privé de son carburant vital. Quelle guigne! Je pourrais au moins halluciner un Apollon nu plutôt que ces épaisses carapaces!

Maintenant ils sont trois à converger dans ma direction. Cela ne ressemble pas aux costumes de membres de mon équipe, qui doivent être toujours enterrés. Ni à ceux des milices des compagnies, qui ne se seraient pas dérangées.

Ce sont des bipèdes sans visage alourdis par des cuirasses hérissées d'instruments. Deux d'entre eux étreignent une arme effilée comme un harpon.

Les bulletins me reviennent en mémoire. Les armées du conglomérat Zoen passent à l'offensive dans notre système! Le sol tremble légèrement sous mes pieds en même temps qu'une ombre immense se découpe à travers les nuages. Un vaisseau d'invasion!

Ma tête n'arrive plus à faire tenir un raisonnement debout. Je n'ai même pas la force de fuir, ayant perdu jusqu'à ma capacité de concevoir une défense.

Comme dans un cauchemar, une des carapaces brandit son arme. La pointe du harpon perce ma combinaison.

7

DES MARCHES.

Mes pieds les gravissent. Des témoins lumineux valsent quelque part sur ma gauche. Nous sommes dans un sas.

Nous ?

Les carapaces et moi. Ma main rencontre le bout du harpon toujours fiché en moi. Puis, une réalisation : je respire! La confusion se résorbe.

La silhouette massive à mon côté touche un bouton sous son casque. Les trucs pointus s'abaissent dans son dos. La carapace se détache de son uniforme noir, se replie, puis galope vers un crochet auquel elle se suspend.

L'armure cache un humain, court et maigre, les cheveux battant en retraite derrière un large front. Il dévisse mon casque. D'autres mains retirent mon costume avec le harpon toujours fiché dedans. Un tuyau en dépasse : ce que j'avais pris pour une arme m'a sauvé la vie.

— Insuffleur d'air d'urgence, explique l'homme. Ses nanomobiles ont reconstruit le tissu perforé bien plus vite que vos puces l'auraient pu.

Mon cerveau joue à saute-mouton : me voilà arrimée à un mur.

Devant, des sièges, des instruments, un écran.

Mon sauveur aboie des ordres en s'attachant. Les autres s'empressent d'obéir, s'éparpillant comme des souris affolées.

Puis, une force inexorable m'écrase soudain contre le mur. Ma vessie se vide d'un coup.

Le ciel corail devient rouge sombre, puis noir. Le poids sur ma poitrine diminue.

J'ouvre les yeux sur le visage de l'homme. Un sourire transforme sa physionomie sévère. Il n'est pas d'ici. Un homme de Vénus? plaisante mon cerveau, ivre d'oxygène.

Est-ce que je rêve, pendant que mon corps se congèle lentement sur le versant?

Alors, je reconnais l'uniforme qu'il porte, avec les deux bandes verticales dorées. Un officier des Forces de l'Alliance!

Il jacte allègrement, comme si, pour lui aussi, la tension s'était apaisée.

— Les récepteurs de Gaya ont capté votre signal, jeune fille, et les ont retransmis sur toutes les bandes. Par chance, nous approchions du secteur!

Techniquement, je ne suis plus une jeune fille depuis des lustres mais cette familiarité rugueuse me réchauffe autant que son sourire.

— Même le macrorécepteur de Vénus, de l'autre côté d'Hélios, a reçu, après un certain délai, votre message parasité par les vents solaires. Les Six Villes le rejouent en continu sur leurs réseaux. Demoiselle Religia…

— Pardon, je préfère Ligia, dis-je. Et vous, qui êtes-vous?

— Oh! Oublié de me présenter : sous-commandant Ethan Ikbal Kirin.

Je bois l'écran des yeux : devant la courbe orange familière, des points grossissent, deviennent des Béliers dominés par un croissant aux pointes effilées. Malgré leur taille imposante, les vaisseaux de combat sont écrasés par le mastodonte qui doit bien mesurer huit kilomètres de long.

Je reconnais le Cancer au moment où la navette passe entre ses pinces titanesques pour se diriger vers son centre. Le vaisseau-amiral, revenu sain et sauf du système Ser-Finff! Je pose la question qui me taraude l'esprit.

— Sommes-nous en guerre?

Il me regarde, comme s'il avait mal compris ma question.

— Ça a bien failli! Il a fallu tout le doigté de nos négociateurs pour parvenir à une entente, belle dame!

Là, il exagère, mais je ne vais pas m'en plaindre.

8

KIRIN ME CONDUIT À L'INFIRMERIE en me tenant la main, car je flotte comme une bulle. Lui marche normalement malgré la faible pesanteur.

Trois médecins, deux hommes et une femme, m'examinent sous toutes les coutures. Si mon poids considérable les étonne, ils sont assez polis pour n'en rien laisser paraître.

Je prends ensuite un bain, passage éprouvant en apesanteur dans une sphère d'eau dont la cohésion est assurée par une cellule gravitique. Mon vieux fond culturel, habitué à utiliser cette ressource avec parcimonie, en prend pour son rhume.

Maintenant, ils me passent des sandales et un pantalon-camisole fait d'un tissu épais, à la fois souple tout en conservant une certaine rigidité. L'élément féminin du trio indique que le fin réseau d'armatures de cet exo-support me permettra de marcher normalement jusqu'à 1 g.

Les microfibres prodigueront à mes jambes un massage qui aidera le sang à circuler. Ma lourde poitrine bénéficiera d'un support similaire.

Les curieuses sandales reproduisent la gravité à laquelle je suis accoutumée depuis ma naissance. Kirin, qui est revenu, explique : « C'est une invention des Zoens, dont le savoir-faire en technologies gravitiques n'est plus à prouver. »

Derrière lui, roule un couturier garni de pédoncules. L'une d'eux me renifle longuement pendant que les autres appendices se faufilent un peu partout sur mon corps.

— Quelle couleur souhaitez-vous, Demoiselle Ligia? demande-t-il.

Il communique ma réponse au couturier qui, en une minute, conçoit/tisse/coupe/coût à ma mesure un ensemble bleu chatoyant.

Puis, le sous-commandant m'entraîne à travers une succession de coursives. Il fonce vers une porte fermée sans ralentir son pas. Les battants s'ouvrent au dernier instant sur une salle nue, pourvue d'immenses écrans muraux. La lumière de Mars baigne la pièce d'une clarté orange. Kirin me montre d'un geste trois coussins en forme de beignes posés sur le tapis.

— Ce sont les Ambassadeurs extraordinaires des Zoens. Attendez-moi ici.

Il s'éloigne, puis s'arrête comme s'il avait oublié quelque chose.

— Oh, et ne vous asseyez pas sur eux!

Je bois des yeux ces corps étranges, mesurant l'immense privilège qui m'est accordé. La sourde vibration de leurs coques remplit le silence de la pièce.

Je ne sais s'ils complètent leur cycle de régénération ou s'ils se demandent qui est cette nouvelle masse près d'eux. Ils perçoivent aisément les plus fines variations de champ gravitationnel... Je n'ai pas le temps de pousser plus loin un premier contact, car Kirin revient avec un galonné.

Le nouvel arrivant remplit une tunique bleue sur laquelle se tortillent deux dragons dorés crachant des flammes stylisées. Chose peu courante, il arbore un crâne chauve couronné de cheveux gris, le genre de défaut qu'un esthéticien de bas niveau corrige aisément.

Il est aussi ce qu'on appelle «bien enveloppé», avec un double menton familier. Sur sa tempe, brille la coquille ivoire d'un gros implant.

Je reconnais le haut-gradé. Le chef des Forces unifiées de l'Alliance gayenne laisse un sourire crevasser ses traits.

— Voici donc la demoiselle en détresse qui nous a conté sa vie!

Je rougis. Cette humeur pétillante contraste avec la sévérité des militaires. J'y décèle le vif soulagement d'avoir évité un conflit meurtrier.

— Je, euh... Mon équipe, mon contrat... les carottiers...

— Votre équipe sera prévenue dès qu'elle refera surface. Quant à votre contrat, j'ai, hum... personnellement parlé à celui qui vous a envoyés dans ce bousier.

Je sens que cette discussion a été dévastatrice pour l'interlocuteur.

— Voyez-vous, hum... Nous avons eu le loisir d'extraire tous les renseignements à votre sujet. Vos talents sont gaspillés. Une dame capable de faire preuve d'une telle initiative peut trouver à s'employer utilement dans un monde de son choix.

Je répète bêtement : « ...une telle initiative? »

— Demoiselle, réussir à bricoler vos instruments pour prolonger votre réserve et appeler Gaïa, c'est un exploit! s'exclame Kirin.

Le Dragon s'avance.

— Votre main, dit-il.

Je tends la main gauche.

Il dépose dans ma paume une rondelle avec un dragon stylisé dessus.

Le truc se colle sur ma peau, puis fond, laissant une empreinte semblable au dessin juste sous la surface. Je n'ai rien senti, pas même un picotement.

— Vous êtes désormais libre, Dame Religia, hum, Ligia Domik, dit-il d'une voix enrouée.

— L-libre, monsieur?

— Cet identificateur vous marque comme ma protégée. Vous pourrez vous déplacer partout dans l'Alliance. Quoi que vous choisissiez de faire, vous ne manquerez de rien. Jamais vous n'aurez à vous abaisser pour, hum… comment dites-vous? Un *couvert*.

Ma cage thoracique va exploser sous la joie qui en gonfle le centre. Sur les écrans muraux, Mars rapetisse à vue d'œil.

— Où allons-nous?

— La flotte retourne à Gaya, mais nous ferons un détour par la Cité-5.

Je m'étrangle de surprise.

«Une des Six Villes de Vénus?»

— Voyez-vous, le Cerveau de la Cité-5 a relayé une demande générale à la base de Gaya, qui l'a repassée au récepteur de Phobos, qui, hum…

Je saisis, à ses nombreuses hésitations, qu'il consulte le Cerveau du Cancer avec son implant pour pallier sa mémoire défaillante. Ainsi, il garde bonne figure.

— Bref, ils veulent vous voir en chair et en os, intervient Kirin.

Il conserve un franc-parler audacieux en présence de son supérieur.

— Vous avez de la chance d'être un aussi bon stratège qu'un incorrigible bavard, Kirin, grince le Dragon.

9

L<small>A NACELLE DESCEND AVEC UNE LENTEUR MAJESTUEUSE</small> du portail situé au sommet de la bulle, traçant une spirale qui me laisse goûter la splendeur des nuages dorés qui entourent la ville.

Les jupes de flottaison se perdent loin dans la brume. Je reconnais les convertisseurs de gaz, les anneaux de plantations, puis les laboratoires et simulatoires qui s'élèvent en marches jusqu'aux tours d'administration.

La pointe des édifices tranche l'horizon vaporeux, puis ma nacelle poursuit sa descente. Les terrasses supérieures sont noires de techniciens qui se sont rassemblés là pour m'apercevoir.

Les murs mêmes semblent me fêter, leurs microcellules les bariolant de motifs émeraude et lapis-lazuli sur fond rose corail, une touche féminine sans doute ajoutée par le Cerveau de la Cité-5.

La nacelle s'arrime au terrain de réception au bout duquel attendent cinq silhouettes drapées d'ocre et de blanc. Je sors, envoyant un dernier sourire au sous-commandant Kirin qui retourne à bord du Cancer.

Puis, je marche à la rencontre de mes premiers hommes de Vénus.

FIN

Postface:
Oser demander son chemin...
pour sortir des sentiers battus!

Cette novella a été publiée en premier dans le magazine de science-fiction canadien *Solaris,* no140, en 2002. J'avais aussi réalisé l'illustration qui accompagnait le texte. La version anglaise est sortie dans l'anthologie *Tesseracts* 10, edited by Edo Van Belkom & Robert Charles Wilson en 2006. je suis reconnaissante envers Sheryl Curtis, de Montréal pour la traduction.

Le titre choisi rappelle un ouvrage de psychologie populaire édité en 1992. Dans son livre, l'auteur concluait que les comportements des hommes et des femmes étaient si différents qu'ils pouvaient provenir de deux planètes distinctes (Mars-hommes, Vénus-femmes). Le livre a eu le succès qu'on connaît.

Sauf que, quand je l'ai lu en librairie, j'ai découvert... que j'étais une Martienne!

Je n'aime pas recevoir des conseils non sollicités, n'aime pas demander mon chemin (sauf en dernière extrémité), en cas de coup dur je me retire dans ma caverne aux murs couverts de livres de SF… J'avais plus de traits masculins que de féminins en moi.

Cette manière d'enfermer des gens dans des boîtes et de coller une étiquette sur le couvercle suscitait en moi une sourde inquiétude. Plus tard, des études critiques menées sur des grands échantillons ont démontré que ces traits soi-disant "genrés" étaient bien répartis entre les deux sexes.

À cette époque, j'étais aussi devenue très consciente des critères de beauté irréalistes imposés aux femmes.

En particulier, les critères de poids, alors que je voyais des compagnes se débattre dans l'enfer des régimes. Le livre est dédié à l'une d'elles, une créatrice qui après des années de diètes, a fini par s'en libérer.

Alors j'ai voulu raconter l'histoire d'une femme fière et «forte» coincée dans une société trop étroite pour elle, et dotée d'un humour cynique. Quoi de plus naturel que de choisir la Planète Rouge pour décor? L'histoire a coulé naturellement de mes doigts, une des plus rapides que j'ai pondues, devenant le premier titre de la collection Formidables.

Michèle Laframboise

Mille mercis!

Déjà la dernière page... merci d'y arriver !

Vous avez aimé?

Partagez vos impressions sur vos plateformes
favorites. Ainsi, l'auteure gagnera de nouveaux
lecteurs et lectrices!

A propos de l'auteure

Lorsqu'elle ne tente pas de communiquer avec des fleurs inconnues, Michèle Laframboise écrit et dessine des histoires de science fiction.

L'ex-savante folle (diplômée en géographie et en génie civil) a publié dix-sept romans et plus de 40 nouvelles, récoltant plusieurs distinctions et prix littéraires. Dessinatrice enthousiaste, Michèle a créé une douzaine d'albums de BD et continue de maintenir un blog humoristique illustré. À la plume ou au pinceau, elle concocte des intrigues captivantes et des mondes empreints de poésie.

Ses nouvelles sont parues dans les revues *Solaris, Galaxies, Géante Rouge, Brin d'éternité, Tesseracts, Fiction River* et *Compelling Science Fiction*.

Site officiel: www.michele-laframboise.com

Son blogue d'humour: savantefolle.wordpress.com

Sur Wikipedia: Michèle Laframboise

Site de l'éditeur: www.echofictions.com

Pour mieux connaître la collection formidables:

https://echofictions.com/collections/formidables/

Pour recevoir un livre gratuit, des nouvelles et des compte-rendus amusants de lecture, joignez sa bande de joyeux fans:

http://michele-laframboise.com/fans

Autres livres chez Echofictions

Change ou meurs!

Science-fiction / humour / Premier contact

Les Loongunis ont besoin de fluctuations continues pour s'épanouir, tandis que leurs visiteurs humains supportent mal cette incessante bougeotte. Quand un sabotage met fin aux permutations de leur Boîte de voyage, les Loongunis contraints à l'immobilité risquent de sombrer dans la folie... à moins que leur linguiste ne trouve une solution!

Une savoureuse nouvelle de science-fiction par Michèle Laframboise, une des auteures les plus primées au Canada!

Comment penser à l'intérieur de la boîte
978-1-988339-44-3 (imprimé)

Quand l'univers est au bout du rouleau...

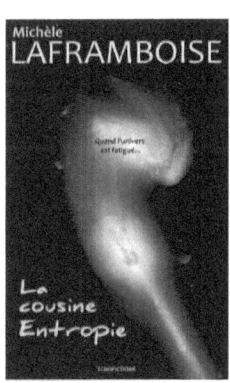

Science-fiction / humour / fin de l'univers

Fidèle aux lois de la thermodynamique, l'univers en expansion se refroidit. Les derniers humains transformés (les Décollés, qui comptent leur âge en milliards d'années) se tiennent aux abords du trou noir au centre de notre Galaxie.

Les Décollés se nourrissent des puissantes émissions de rayons X et pestent contre l'entropie, cette insidieuse égoïste qui vampirise l'énergie restante.

Alors qu'autour d'eux, les étoiles s'éteignent une à une comme dans une ville abandonnée, que peuvent-ils encore espérer?

Une courte nouvelle de science-fiction qui voit loin, très loin dans l'avenir!

La cousine Entropie (epub) 978-1-988339-23-80

Piégée dans le plus bel endroit sur Terre...

Humour / mystère / Ornithologie

Équipée de son guide Sibley, et ses fidèles jumelles, Amanda Byrd poursuit sans fatigue les oiseaux les plus insaisissables.

Sur les traces de son défunt mari, Amanda explore à l'aube un étroit canyon. Alors qu'un magnifique Condor de Californie survole le site, elle découvre avec horreur l'ascenseur détruit, piégeant leur groupe de touristes au fond. Qui a commis ce sabotage, et pourquoi?

L'intrépide ornithologue doit trouver une solution avant que le canyon ne devienne une fournaise mortelle...

Un court récit mettant en scène l'énergique Lady Byrd, écrit par Michèle Laframboise, observatrice d'oiseaux à ses heures.

Condor Canyon (imprimé) 978-1-988339-15-3

Echofictions.com

Liste d'amitié

Une histoire lie chaque personne dans une chaîne d'amitié. Sentez-vous libre d'écrire votre nom avant de faire cadeau de ce livre à quelqu'un d'autre.

Encore faim de lectures?

La bibliographie complète de Michèle Laframboise a de quoi satisfaire l'appétit des lecteurs de tous âges!

michele-laframboise.com/livres/

Et... d'autres histoires bourgeonnent sur Echofictions.com!

Pour recevoir des textes inédits, des entrevues et des sur-prises, joignez-vous à sa joyeuse bande de fans :

michele-laframboise.com/fans

*Étant elle-même très occupée,
l'auteure vous écrira pas plus d'une fois par mois!*